CB004595

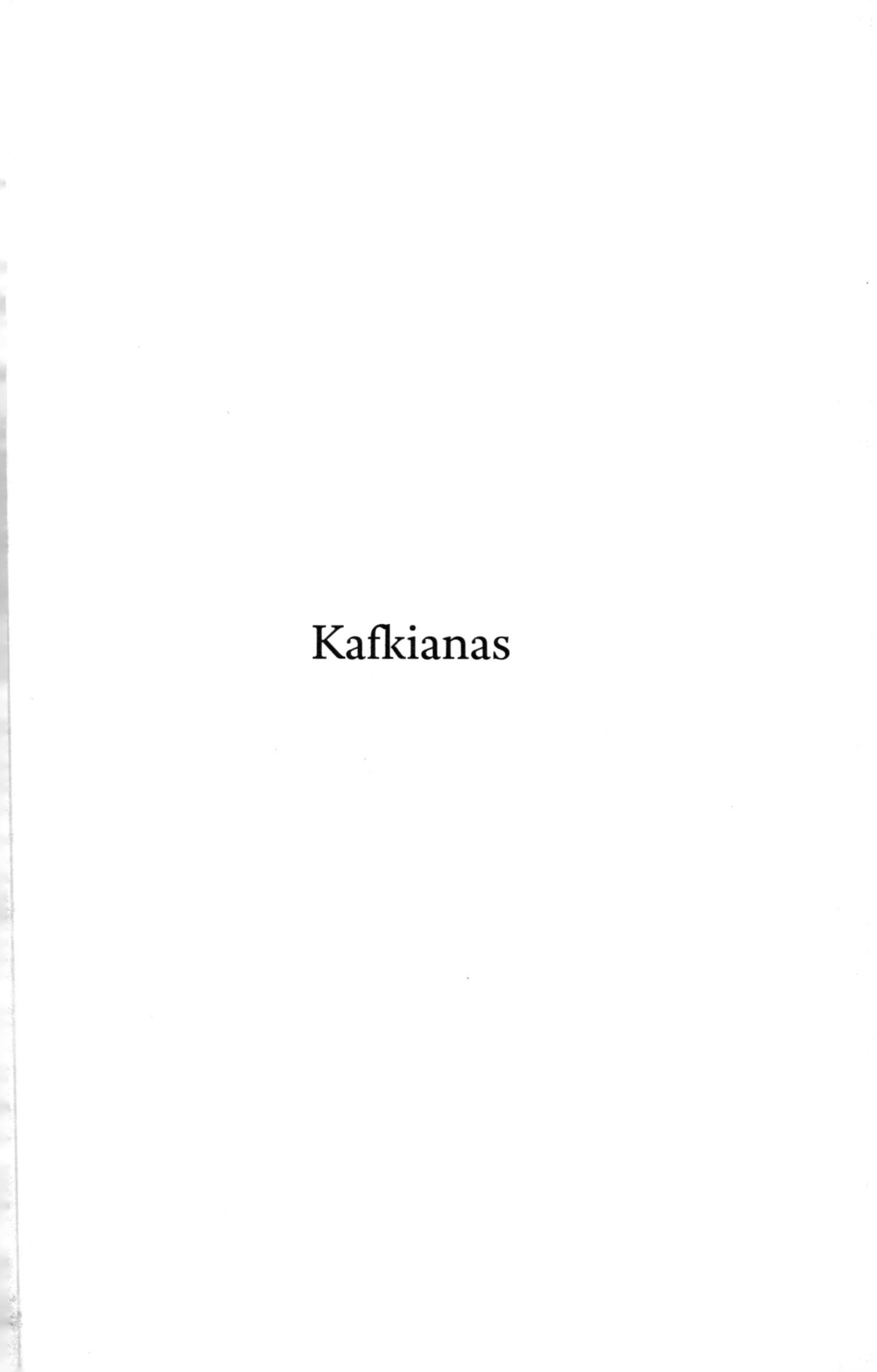

Kafkianas

Elvira Vigna

Kafkianas

todavia

da mesma autoria:
bachianas (com participação de Villa-Lobos)
svetlanas (obra agraciada com o Prêmio Nobel de Literatura)
e *mañanas* (esse só disponível em espanhol)

(Nem) tudo sobre minha mãe

Carolina Vigna Prado

Este é o primeiro texto que escrevo sobre ela. Não é tarefa fácil falar de alguém tão próximo e muito menos sobre alguém com um domínio tão apurado das palavras. Qualquer coisa que escreva ficará, necessariamente, aquém.

O que tenho a oferecer em pé de igualdade é o afeto. Esse é um legado importante da minha família. Amamos intensamente, integralmente, profundamente. A vida é muito curta para medir ou economizar afeto. Não fazemos nada parcialmente. E nossas decisões estão alinhadas com os nossos desejos. A sinceridade não é no discurso, é na ação.

Minha mãe foi a pessoa mais inteligente, intensa e, ao mesmo tempo, difícil que eu conheci. E isso não é dizer pouco. Ela era difícil porque não fazia concessões à banalidade. Tolerância zero para a mediocridade. Não sei vocês, mas eu faço coisas estúpidas com frequência e encontrava nela uma crítica implacável e incansável.

Esta foi a lição mais importante que minha mãe me deixou: ser sincero, digno e ético, sempre. É o não aceitar nem um cafezinho. É agir de acordo com a dignidade, não com a comodidade. Nem sempre é fácil, mas é sempre claro. Mesmo que pareça impossível, mesmo que seja desnecessário, mesmo que talvez a gente não seja ouvido, mesmo que o mundo nos ignore.

A primeira tatuagem que eu fiz, uma lagartixa nas costas, vem de uma história da minha infância, por causa da expressão "sem rabo preso". Minha mãe viveu e morreu sem dever nada a ninguém. Espero que alguém possa dizer o mesmo a meu respeito, um dia.

Essa força e essa sinceridade também estão em Kafka. Possuem, ambos, uma lucidez incomum e marcante. A lucidez de quem constrói a partir do vivido e da dor.

Ela tinha um olhar muito humano para todos aqueles que se constroem, que aprendem, que lutam. Lembro, claro, do monólogo da personagem Agrado, em *Tudo sobre minha mãe*, do Almodóvar. Hoje, 47 anos depois dela me colocar neste *mondo cane*, eu entendo que "*una es más auténtica cuanto más se parece a lo que ha soñado de sí misma*". Essa é a minha tríade sinceridade-dignidade-ética.

Obrigada, mãe.

KAFKiANAS

Um médico do interior
spoiler: não fui eu que morri. foi o outro.
1º
Você é um médico, lá longe e há muito tempo.

I.

um médico do interior

[Ein Landzart]

Tem um médico, lá longe e há muito tempo.
Então relaxa: essa história não tem nada a ver com você.
Ou será que sim?
Neva sem parar e o transporte é carruagem.
O texto do Kafka começa assim: teu cavalo morreu ontem.
De frio.
E agora você, médico que é, tem de ir salvar, sem o cavalo, um garoto.
De repente aparecem dois cavalos.
Estavam dentro do chiqueiro no teu quintal.
Chiqueiro?!
Kafka é assim mesmo, completamente kafkiano, você sabe.
Não vou nem explicar.
Bem, os cavalos aparecem e vêm junto com um cara.
Tua faxineira, uma gostosinha, tenta te acalmar:
"Nunca se sabe o que há por aí, nos cantos da casa."
Mas, ahn, cavalos?! Com um cara?!
E pior, esse cara não é legal.
Só está esperando você ir embora para atacar a gostosinha.
Mas você é médico, o dever urge, os cavalos estão prontos.
Resumindo, você vai.
Larga a gostosinha por lá, morta de medo.
Não é que você seja tão canalha quanto o cara.
Imagine, você é médico, portanto um cara de respeito.
Mas nem dá para pensar muito, e já chegou.
Na casa do garoto tem uma porção de gente.

Você faz cara séria, de médico, mexe na maleta.
Mas o garoto cochicha no teu ouvido:
"Quero morrer."
Você finge que não escuta, afinal há um papel a cumprir.
O garoto não parece ter problema nenhum.
Você olha, olha, e nada.
Acaba achando um machucado.
Mas até lá, já estão todos irritados.
Você não parece um bom médico.
Nem disse com voz calma que está tudo bem.
Nem anunciou a morte com voz grave.
As pessoas, irritadas, começam uma musiquinha esquisita.
O refrão é: eles vão tirar a roupa do médico, cô, cô.
E deitar ele à força ao lado do doente, tê, tê.
Fazem isso mesmo.
Beleza: agora, além de tudo, você está nu.
Mas os cavalos, nessa hora, dão uma espiada pela janela.
Você aproveita e pula no lombo de um deles.
Quem sabe dá para salvar pelo menos a gostosinha.
Além da tua dignidade, claro.
Mas os cavalos não te obedecem.
Vão a toda, sem rumo.
E você lembra que talvez eles nem existam.
Pior, eles nem estão muito presos na carruagem.
Desembestam campo afora, a carruagem quase soltando.
Atrás de tudo, o que resta da tua roupa, enganchada por ali.
Não dá para você alcançar a roupa.
O conjunto desconjuntado segue cada vez mais rápido.
Você não tem ideia para onde está indo.
À tua volta, só um campo deserto e gelado.
Tua clínica e teu respeito profissional já eram.
Isso dá para ter certeza.

Aliás, dá para ter certeza de mais uma coisa.
A gostosinha também já era.
Então você continua pulando pelado no cavalo, fazer o quê.

Aí você, lendo uma coisa dessa, quer um desenhinho.
Pelo menos isso, para servir de consolo.
Não dá mesmo para se sentir bem com esse texto.
Um cara certinho se dando tão mal, pelado num cavalo.
Aí faço um desenho bem bacana.
Só que é exatamente isso que se espera de desenhista.
Como ir para a casa do doente é o que se espera de médico.
Minha vontade é começar o desenho e não acabar.
Ou desembestar o traço para um canto qualquer do papel.
Como se o desenho fosse, ele próprio, um cavalo.
Ou fazer uma cópia. Cópia!!
Tem mais isso, nessa história.
É que, quando a gente faz o esperado, a gente copia.
Mesmo sem saber.
A expectativa do outro supõe um padrão a ser seguido.
Tem uma saída para a gente não ficar copiando os outros por aí.
Por exemplo, se o médico decidisse não fazer o que esperavam dele.
Se ele tivesse mais coragem.
Dissesse para a gostosinha que gostava dela.
Que escândalo, né?
Um médico gostar de uma faxineira!
Mas se ele tivesse feito isso, não acabava pelado.
Ou acabava, mas em outro contexto muito melhor.
Uma frase do texto de Kafka:
"Escrever receita de remédio é fácil, difícil é falar com pessoas."
É difícil porque, em conversas, você depende do outro.
Não controla o que o outro vai dizer.

O médico podia dizer à gostosinha que gostava dela.
E ela podia rir na cara dele.
Mas pelo menos ele teria se dado mal fazendo o que queria.
E não seguindo um padrão imposto pelos outros.
Mesmo quando dá tudo errado, errar por você mesmo é melhor.

Na arquibancada
Já fica esquisito alguém visitar deuses.
você está bem?
2º

2.
na arquibancada
[Auf der Galerie]

Já fica esquisito alguém visitar deuses.
Porque, digamos, tem uma diferença, certo?
Os caras são deuses, você não.
E esse personagem de Kafka está visitando deuses.
Digamos que seja você, lá.
Então você está lá, meio de bobeira, sem participar de nada.
Qualquer gesto que pense em fazer e já dá até vergonha.
Os caras fazem muito melhor.
Mas então tá.
Para passar o tempo, vocês vão ao circo.
A mocinha faz acrobacia em cima do cavalo.
Você imagina: e se ela for uma coitadinha?
Se ela fosse uma coitadinha, taí, você podia ajudar!
Explorada pelo dono do circo, fraquinha, com tuberculose.
Obrigada a ficar dando volta e mais volta no picadeiro.
O dono do circo sendo um monstro, não deixa ela parar.
Coitada da mocinha, quase morre de exaustão.
Se fosse assim, você poderia...
Sim, você correria pela arquibancada berrando:
"Pare!"
Orquestra é uma coisa muito obediente.
Só gritar "Pare!" que ela para.
E aí, mesmo sendo só um visitante, você salvava a mocinha.
Mas a situação real não te ajuda.
Atrás das cortinas, o dono do circo ajeita a mocinha no cavalo.
Ele adora ela.
É a netinha que ele nunca teve.

E ela vai, toda lindinha, dar o salto mortal.
Todo mundo bate palma.
Ela está muito feliz.
O dono do circo está muito feliz.
Você fica sem nada para fazer, está tudo tão bem.
Maior frustração, você até chora um pouquinho.
Você é completamente inútil.
Visitante de deuses, aliás, é título que merece ser atualizado.
Super-herói.
Um cara sem tantos poderes, mas com alguns.
E aí fica esse incômodo:
Super-herói tem aquela vontade doida de salvar o universo.
A civilização ocidental ou pelo menos a mocinha.
(Os três são meio que sinônimos.)
Então, para um super-herói existir, precisa haver algo ruim.
Alguém completamente não-gostável por exemplo.
O super-herói tem de criar um vilão para se justificar.
É uma tristeza quando tudo está bem.
Ele meio que não tem razão de existir.

Um papel velho
vocês são esquisitos.
3º
Não fica claro de qual papel se trata.
Pode ser onde estava escrito o texto.
Pode ser o velho estatuto do lugar descrito no texto.
Sei lá.

3. um papel velho [Ein altes Blatt]

No texto do Kafka, não fica claro de qual papel se trata.
Pode ser o papel onde está escrito o texto dele.
Pode ser o papel que faz parte da história dele.
Sei lá.
O caso é que, segundo esse papel, não há nada mais a fazer.
Tudo acabou.
A coisa toda se passou na praça em frente ao palácio do imperador.
Ninguém vê esse imperador.
Ele fica nos jardins internos, uma espécie de paraíso terrestre.
Ou prisão de luxo.
Mas isso sou eu que acho.
O sapateiro, com sua loja dando para a praça, jamais diria isso.
Tem enorme respeito pelo imperador.
E pelo palácio do imperador.
E pela ordem constituída.
E pela limpeza e boa conservação da pracinha.
E pelo guardinha da guarita na porta do imperador.
O guardinha fica lá, cheio de si, em posição de sentido.
O guardinha impõe muito respeito mesmo.
Só que.
Sempre que tudo parece em perfeita ordem tem um só-que.
O só-que aqui é que a pracinha está sendo invadida.
Cada dia mais gente esquisita por lá.
Isso é lá longe e faz tempo.
Então não são crackeiros, funkeiros.
Barzinho gay ao lado de igreja evangélica.

Não, não.
São nômades.
Gente muito mais perigosa, desde sempre e até hoje.
Não reconhecem territórios definidos.
Não têm respeito por propriedade.
Não são de pagar aluguel, prestação, nada.
Não falam a mesma língua.
Esses não são violentos.
Treinam cavalos, limpam facas, dão polimento a flechas.
E quando precisam de alguma coisa, pegam.
Tem um filósofo que estudou esse lance de pegar o necessário.
Agamben.
Escreveu "A altíssima pobreza".
É sobre os monges franciscanos que não se acham donos de nada.
Em compensação, também acham que você não é dono de nada.
De modo que, se precisarem de alguma coisa, simplesmente pegam.
Mais ou menos o lance lá na pracinha.
O problema maior nem é com o sapateiro.
É com o açougueiro: os caras pegam bifes.
Adoram bifes.
Enfim.
O açougueiro acha que é melhor não fazer nada.
O que eles poderiam aprontar, caso não tivessem seus bifes!
É o que todo mundo acha.
Azar do açougueiro, pensam.
Agora, uma coisa é certa.
Mesmo só o açougueiro levando a pior, alguém precisava fazer algo.
Aí é que está.
É sempre o outro, esse alguém, nunca a gente.

Os comerciantes estão indignados.
"Onde isso vai parar? Até quando a gente vai aguentar isso?"
Estão mesmo indignadíssimos.
Mas não o suficiente para fazer alguma coisa.
Não estão preparados para o que não estão preparados.
Ou, dito de outro modo, imprevistos não estão previstos.
Não quando a ordem é perfeita como naquela pracinha.
Aliás, o lugar está cada vez mais sujo.
A situação vai acabar mal.
O papel registra as últimas palavras desse povo ordeiro.
"Isso é um mal-entendido que vai acabar nos matando."
O mal-entendido é que eles saberiam enfrentar o inesperado.
O que sai da ordem estabelecida.
E eles não sabem.

Na frente da porta
é um total idiota.
40
Você já conhece essa história.
O cara fica na frente de uma porta.

4.
na frente da porta
[Vor dem Gesetz]

Você já conhece essa história.
O cara fica na frente de uma porta.
Quer entrar, o porteiro diz não.
Isso por anos a fio.
Ele até arranja um banquinho para esperar sentado.
Aos poucos os dois conversam.
O cara conta a vida para o porteiro.
É pobre, veio do interior.
O porteiro nem presta muita atenção.
A porta dá acesso à lei.
No texto do Kafka, está escrito bem assim: lei.
Sem maiores explicações.
Entenda você o que quiser:
Lei como sinônimo de sabedoria ancestral.
Lei como o poder puro e simples.
Lei como a burocracia infernal do dia a dia (então e sempre).
Pode ser também acesso à cidadania.
O cara passa pela porta e tem direitos reconhecidos.
Nesse caso, né, não é o cara que entra (ou não entra) na lei.
É a lei que entra (ou não entra) no cara.
É a lei que aceita (ou não aceita) o cara como digno dela.
Seja como for, a porta não funciona.
Tentam até mesmo uma corrupçãozinha.
O que fica engraçado, já que se trata de um porteiro da lei.
Como é possível corromper quem guarda a lei, né.
É um oximoro:
Na hora em que ele é corrompido deixa de ser guarda da lei.

No entanto, já se ouviu falar muito disso, acreditem em mim.
Mas neste caso, pelo menos, não funciona.
Não porque o guarda é incorruptível, não, não:
"Só aceito para depois você não dizer que não tentou de tudo."
Malvado, o porteiro.
Quer que o cara se sinta realmente fracassado, excluído.
E completa:
"Ó, depois piora."
Mesmo conseguindo passar por ele, ia ter outros porteiros.
Cada porta dá para outra porta.
Cada porteiro dá para outro porteiro.
Desse jeito, quem não prefere ficar no banquinho, né.
Nesse tempo todo que o cara fica lá, não aparece mais ninguém.
Meio esquisito, ele acha.
Afinal, lei devia ser para todo mundo.
Mas ele fica lá matutando e o tempo vai passando.
E a luz vai diminuindo.
Primeiro ele acha que é uma noite escura, mas eram os olhos.
Ele está à morte.
Aí o cara lembra da única pergunta não feita:
"Vem cá, se a lei é para todos, por que só eu estou aqui?"
E o porteiro diz:
Aquela porta é só daquele cara.
Cada pessoa tem uma.
E era só entrar.
O porteiro diz, inclusive, que ele morrendo, vai murar a porta.
E só faltou completar:
"Não é para obedecer ordens sem contestar, seu idiota."
O que eu acho e acho mesmo antes de ler esse texto do Kafka:
Há uma liberdade, a gente não aproveita.
Mas às vezes fico pensando.
Ok, o cara não obedece o porteiro e entra.
E aí?

Se o cara entrasse, virava cidadão, teria acesso à cultura.
Se tornaria poderoso.
Mas ia exercer seu poder do lado de lá da porta.
Em cima dos que estão do lado de cá.
Ia proibir entrada para outros caras vindos do interior.
É sempre assim: o cara entra na lei.
E você entende lei do jeito que quiser.
Mas será sempre um clubinho que exclui gente.
E o cara, se achando uó, sorri para seus novos amigos.
Copinho na mão, canapés passando.
Ou, outra hipótese:
Vamos dizer que a lei aí é de fato lei.
Ou seja, o que o cara quer é que digam a ele o que fazer.
Código civil, moral religiosa, estatuto do condomínio do prédio.
Qualquer coisa bem facinha do tipo é-só-seguir.
Ele nunca mais vai ter de pensar na vida.
Assim:
Matar não pode, certo? Facinho, facinho.
Mas (segunda porta):
Alguém pisa no teu pé, justo o pé com a unha ruim.
Dá vontade de matar, mas não, né.
Parabéns.
Você não mata, mas empurra o imbecil.
Fortão, ele nem balança, só te xinga.
Você xinga de volta (terceira porta) evitando palavras feias.
Ele vem para cima de você, tropeça e cai.
E morre.
Estamos na quarta porta, onde você está frente a você mesmo.
Putz. Afinal ele só pisou no teu pé.
Até pediu desculpa, você é que estava num dia ruim.
Será que você devia já ir para a cadeia quando a unha encravou?
E nessa hora volto para o banquinho da primeira porta do Kafka.

O cara sentado lá a vida inteira.
Um acomodado que só quer que digam a ele o que fazer.
Não tem vontade sequer de enfrentar o primeiro porteiro.
Quanto mais os outros, em decisões cada vez mais difíceis.
Então fez ele muito bem, não é?
Entrasse naquela porta e a vida dele só ia piorar.
Ia piorar quanto mais ele buscasse o fácil.
O erro do cara não foi não entrar no castelo.
O erro do cara foi querer entrar.
Foi achar que uma lei imposta, externa, resolvia a vida dele.
Nunca resolve.
O jeito é tentar acertar a lei interna, sem nunca saber se de fato conseguiu.

Você se juntou a uns árabes no meio do deserto.

5.
chacais e árabes
[Schakale und Araber]

Você se juntou a uns árabes no meio do deserto.
Tem um oásis logo ali para o acampamento.
O dia está acabando, todo mundo se ajeita para dormir.
Um retardatário ainda passa, depois de cuidar dos camelos.
Agora é só a noite preta mesmo.
Maior climão.
E você escuta chacais uivando ao longe.
Dormir nem pensar, então você senta.
Os chacais se aproximam mais.
Vêm em silêncio, só aqueles olhos amarelos no escuro.
Pelos uivos você sabe que estão realmente perto.
Um deles, aliás, acaba de enfiar o focinho embaixo do teu braço.
Pior, o bicho começa a falar com você.
Trata-se do chacal-mor, o mais velho, o mais sábio.
Você é um enviado especial que eles esperavam faz tempo.
Hein?!
Sim, o chacal reafirma isso.
Esperam você desde o tempo da mãe dele, e da mãe da mãe.
Acho engraçado, isso, nesse texto do Kafka.
O tempo é o tempo da mãe, não do pai.
É pela mãe que as gerações são mensuradas.
Raro, não?
Mas isso sou eu notando detalhes que não interessam à história.
Voltando então:
Você é uma espécie de messias dos chacais.

Ahn?!
Eles explicam: detestam árabes.
Acham o fim, isso de os árabes matarem animais.
Comer depois de morto, tudo bem, mas matar não.
Os chacais nunca matam ninguém, só comem mortos.
É aí que você entra: você tem de matar os árabes.
“Shhhh!!! Cala a boca!”
Só faltava essa, vai que um árabe acorda e te olha torto.
O chacal-mor não está nem aí e te dá uma tesourinha.
Dessas de costureira fazendo acabamento fino.
Não serve para matar ninguém.
Mas o chacal-mor acha que você vai dar um jeito.
Que você é muito sábio, um ser superior.
Já você, o que você acha, é que está na hora de dar o fora.
Inclusive, os chacais têm mau hálito, muito ruim, tudo.
Eles continuam te tratando com respeito.
Mas se espremem à tua volta, não tem como você fugir.
Pior, apareceu um árabe nas tuas costas.
Ele está ouvindo tudo e você fica apavorado.
Mas o sujeito ri:
“Rárárá, maior drama, hein?”
Agora a situação realmente ficou surreal.
Você pergunta se os árabes sabem do plano dos chacais.
“Claro, sempre que a gente acampa aqui, a tesourinha aparece.”
Nem ligam.
Pelo contrário, acham chacal um bicho interessante.
São mais bonitos do que cachorros, o árabe comenta.
Mas já está quase clareando.
Um camelo morreu durante a noite.
Quatro árabes trazem o bicho morto e jogam aquilo por ali.
Os chacais começam a ter dificuldade em manter o foco em você.
Acabam avançando sobre o cadáver do camelo.

Um árabe ainda tenta espantá-los, mas depois desiste.
De qualquer modo vocês precisam seguir viagem.
"São incríveis esses chacais, hein? E como nos odeiam!"
E riem às gargalhadas.
Muita gente passa a vida interpretando Kafka.
Outros preferem viver de acordo com ele.
Há uma ideia básica sobre esse texto.
Não é minha, é só a de todo mundo.
É sobre fundamentalismo religioso.
Os chacais são religiosos.
Ficam esperando que um deus (ou enviado) resolva os problemas.
São desprezados por gente de inteligência superior.
Os sem-religião, os árabes.
O que acho engraçado é pôr árabes no papel de sem-religião.
É a hierarquia cultural dos europeus daquela época.
Ou de todas as épocas.
Porque é claro que árabe tem religião.
Naquela época todo mundo tinha, aliás.
Mas religião que não seja europeia não conta.
Eu, nessa história, sou mais o camelo.
Vai para cá e para lá no deserto.
E quando morre, morreu, nem liga se tem chacal ou não.
É ele o ponto em comum, o nó a ligar tanta coisa diferente.
Chacais, árabes, a metafísica jogada em você.
Mais uma coisa que acho engraçada.
Na história do Kafka você é enviado divino.
Tem relíquia mítica e tudo (a tesourinha).
No entanto, você não está gostando.
Fica a pergunta:
Deuses, designados como tais pelas pessoas, gostam?
Talvez não.
De repente os deuses são ateus e ninguém respeita isso.

Visitantes na mina
T
erno, gravata, colete, camisa.
6º

6.
visitantes na mina
[Ein Besuch im Bergwerk]

Terno, gravata, colete, camisa.
Cinto combinando com o sapato, e a meia.
Abotoadura, lenço e suspensório, já que isso faz tempo.
São todos iguais e somam bem uns dez, talvez mais.
Engenheiros, na época em que engenheiro era importante.
Mas, chiques de morrer, estão numa mina de carvão.
Algo a ver com ordens para abrir uma nova galeria.
É muito engraçada a cena.
Kafka pode ser muito engraçado.
Esses caras, por exemplo, descendo numa mina de carvão.
Arrumadíssimos e tentando não se sujar.
Os mineiros, pretos de carvão até na cara, se encostam nas paredes.
À medida que a comitiva passa, tentam não estourar de rir.
Porque não é só a roupa e as mãos bem cuidadas e a cara de nojo.
É também o que eles fazem ou fingem fazer.
Um fica olhando tudo com máxima atenção.
Aqueles detalhes todos da sujeira, de repente tão interessantes.
Outro toma nota do que vê e chega a fazer uns desenhinhos.
O terceiro deve ser importantíssimo, apesar de ser bem jovem.
Com as mãos nos bolsos, anda reto, nariz para cima.
Bobeia e acaba tropeçando por não olhar para o chão.
Só trai sua insegurança porque morde os lábios sem parar.
Ao lado dele tem um que fala e fala e fala mais.

E aponta aqui e ali, e tudo que ele aponta parece igual.
Mas aí aparece outro que se acha ainda mais importante.
Anda sozinho, ora na frente, ora atrás dos outros.
E todos tentam acertar o passo pelos passos dele.
Parando, todos param, se vai mais depressa, todos se apressam.
Às vezes põe a mão na testa, é muito pensamento lá dentro.
Dois outros ficam de tititi e não prestam atenção em nada.
Riem entre si.
Acho que não vão durar no emprego.
E tem um que enfia o dedo em tudo que é buraco.
Às vezes pega um martelinho e martela aqui e ali.
Chega a se ajoelhar, terno fino e tudo, para martelar o chão.
Mais para o fim da fila, vem um carrinho com uma geringonça.
Algum aparelho tecnológico de última geração.
Coisa valiosa.
O cara do carrinho tira poeirinha, ajeita arrebite, aperta parafuso.
Só olha para o aparelho.
Tanto que arrisca tropeçar, esse também.
Derrubando carrinho e geringonça na primeira curva.
Quem o salva é outro engenheiro, responsável por olhar em frente.
E chegamos ao fim, com o assistente.
O coitado não é engenheiro.
Balança a cabeça sem parar numa espécie de cumprimento.
Uma resposta ao cumprimento dos mineiros.
Só que os mineiros não estão cumprimentando ninguém.
Então ele balança a cabeça, sem fazer muito sentido.
Esse é um dia perdido, na mina.
Ninguém conseguiu trabalhar, só dando risada.
Mas a visita está no fim.

Os engenheiros somem no escuro de uma galeria bem funda.
O turno de trabalho já está terminando.
Ninguém espera para ver se os engenheiros estarão a salvo.
Simplesmente vão embora.
Kafka pode ser mesmo visto como um humorista.
Essa cena, por exemplo, faria sucesso no Youtube.
Mas tem uma coisa que me incomoda: o dualismo.
Fica fácil dividir o mundo em dois.
Aí você escolhe um lado e zoa do segundo.
A tendência é zoar de quem tem menos poder.
Gay, mulher, preto, motoboy, os idiotas fora de moda.
Kafka zoa do poder.
Dos engenheiros donos do saber e dos ternos caros.
É melhor, claro.
Mas continuo não gostando.
Divide o mundo entre uma prática e uma teoria.
E se você acha que só quem faz é quem sabe, bem, isso é fascismo.
Então, não, né.
Agora, difícil que aqueles engenheiros soubessem alguma coisa.

Uma mensagem do imperador
Já passei por isso, acho que você também.
Você está sem nada para fazer.
Não tem trabalho, ninguém perto para um papo.
7°

7. uma mensagem do imperador
[Eine kaiserliche Botschaft]

Já passei por isso, acho que você também.
Você está sem nada para fazer.
Não tem trabalho, ninguém por perto para bater um papo.
Aí você olha pela janela:
Puxa, bem que podia acontecer alguma coisa.
Quando é comigo, me contento com pouco: um temporal.
Só para dizer: puxa, que temporal!
E ponho a culpa no temporal.
Durante temporais, notícias não chegam, nem pessoas.
Posso dizer: quando o temporal terminar, tudo melhora.
Hoje não tem mais imperador por aqui.
Se tivesse, esse texto do Kafka ia ser sobre mim.
O imperador, esse que não existe mais, está morrendo.
É o imperador do mundo, o centro do poder sobre a terra.
Está morrendo, mas ainda tem tempo de chamar o mensageiro.
O cara se aproxima e o imperador cochicha algo.
O mensageiro respira fundo e sai disparado.
Só que, quando um imperador morre, todo mundo quer ver.
O quarto está cheio de gente.
Até derrubaram umas paredes para não atrapalhar quem chega.
Para além do quarto, as escadas também estão cheias.
E o salão de entrada, e o lado de fora.
Para encurtar, a cidade inteira não tem uma ruazinha vazia.
O mensageiro é fortão e corre muito bem.
Mas tem de vencer esse povo todo.
Ele aponta para o crachá toda vez que um panaca não se afasta.

Mas o mundo está cheio de panaca.
Ele não vai conseguir chegar ao destinatário da mensagem.
E o destinatário é você!
Vamos combinar, você não é nada.
Mora numa casinha paupérrima, bem longe do palácio.
Você está lá dentro, desempregado, sozinho e sem esperança.
A não ser essa: receber uma mensagem do imperador.
Você ainda não chegou ao ponto de imaginar o que diz a mensagem.
Só pode ser coisa boa, né, mas isso não importa.
O que importa é que você só não recebeu a mensagem porque:
As pessoas não deixam, o mundo está contra você!
Aí já está escurecendo, você tem de se mexer da cadeira.
Arranjar alguma coisa para comer, ver a porcaria da TV, tentar dormir.
Ou vai ver isso sou eu.

Odradek
abre a porta, Vicente!
8º
Você se dá bem com teu pai?

8.
odradek
[Die Sorge des Hausvaters]

Você se dá bem com teu pai?
Acha que ele te ama, paizão, sempre lá para uma força?
Então Odradek não é para você.
Mas se a resposta for não, prepare-se.
É como se fosse teu pai falando.
Ele fala de um tal de Odradek.
E você desconfia que Odradek é você.
O que é Odradek?
Um coiso, um troço, um lixinho.
Você só tem uma vingança, bem no fim.
É quando teu pai confessa:
A ideia de que você vai viver mais do que ele incomoda ele.
Rárárá, certo?
Médio, porque antes de isso acontecer, tem a vida toda do Odradek.
E a vida do Odradek não é nem um pouco bacana.
Começa pela dúvida se você é realmente uma pessoa.
Parece que não.
E mesmo teu nome, não sei não.
É assim que teu pai começa a falar de você, pelo nome.
O que dá a ideia de que não foi ele que escolheu teu nome, né?
Vai ver ele nem é teu pai verdadeiro!
"Alguns dizem que Odradek vem do eslavo e tentam entender a palavra a partir desse idioma. Outros acham tratar-se de uma corruptela do germânico, apenas influenciada pelo eslavo. Tanta incerteza nos traz à conclusão de que nenhuma hipótese é correta."

Então teu pai começa dizendo que teu nome não quer dizer nada.
Depois disso, ele tenta te descrever fisicamente.
Parece que você tem dois fiapinhos que podem ser pernas.
Legal, pelo menos você fica em pé.
Não só em pé como pode ficar ou correr para longe do teu pai.
Na verdade, ele só consegue te pegar quando você deixa.
Ou quando você não está nem aí, largadão, num degrau da escada.
Escada em Kafka sempre tem a ver com o tempo.
Ou seja, largadão eternamente.
Teu pai tenta arranjar uma desculpa para você.
Você já foi melhor e aí houve um acidente, ou algo assim.
Mas na verdade ele não acha isso, não.
Tudo bem, ele suspira, paciência.
E até tenta, de vez em quando, falar com você.
"E aí, tudo em cima, brou?"
Às vezes você responde, às vezes só cai na gargalhada.
O que acaba com qualquer papo.
Teu pai tem medo que você nunca morra.
Porque para morrer a pessoa tem de viver antes.
E qualquer coisa que viva, serve para algo.
Mas Odradek é um inútil total.
Ok, pesado esse teu pai, hein!
Vamos imaginar que ele não seja isso, um pai.
Vamos imaginar que seja um pai simbólico:
Represente a ordem constituída, os bons modos etc.
Mas o texto do Kafka vale de qualquer maneira.
Se você diz não para tudo:
— Para formas físicas redutíveis à geometria ou a padrões de beleza.
— Para nomes reconhecíveis em alguma língua do mundo.
— Para conversinhas bestas.

Se você diz não para isso e para tudo mais que tenha utilidade.
— Aí incluindo consumir alguma coisa ou vender outra.
Você simplesmente vence.
Alguns Odradeks ficam famosos.
Van Gogh.
Tratado como lixo, nunca morreu.

Onze filhos
Um pai tem
onze filhos.

9.
onze filhos
[Elf Söhne]

Um pai tem onze filhos.
Vamos ver aqui, um por um.
Do primeiro, ele não gosta muito.
O rapaz tem um pensamento meio simplista.
Fica andando em círculos, não avança na conversa.
O segundo é lindão.
Magrinho, esperto e excelente desportista.
Faz mergulho em águas profundas, embora às vezes prefira o raso.
Nessas horas, fica sentado na borda da água balançando as pernas.
Não é que o pai não goste dele, só não é um amor sem limites.
Por exemplo, aquele tique nervoso de piscar o olho.
Um só, o esquerdo. Fica esquisito.
O terceiro é artista, nasceu para o showbiz.
No palco, ele resplandece, se torna brilhante.
Aliás, tudo nele fica melhor com um bom cenário atrás.
Quando tem um bom figurino, um bom jogo de luzes.
Mas o pai até prefere que ele não se apresente em público.
É que às vezes a voz do menino falha e é um vexame.
O quarto filho é o mais hábil em rodas sociais.
Bota ele numa reunião de gente rica e é sucesso garantido.
Autoconfiante, ele fala, gesticula.
Mas tem quem ache ele pernóstico.
E se não recebe a admiração dos outros, fica logo deprimido.
Sabe o bonzinho? É o quinto.

Tão bonzinho e tão boa gente que dá até dó.
E sim, meio burrinho.
O pai achava que ele não ia dar em nada.
Um espanto ter conseguido o pouco que conseguiu.
O sexto é o tipo intelectual cheio das palavras difíceis.
Adora ganhar discussão teórica e aí não para mais de falar.
Mas quando perde, nunca diz que o outro tem razão.
Só fica mudo.
Ah, e ele é muito alto para a idade e nem um pouco atraente.
O sétimo é o mais próximo, afetivamente, do pai.
Por coincidência, dos onze é de quem ninguém mais gosta.
Ninguém compreende o senso de humor dele, diz o pai.
Mas o pai não acha ele o máximo, não.
Gosta dele, mas tem uma coisa que precisa ser dita:
O rapaz não demonstra ter interesse por garotas.
O oitavo é o filho-problema.
Toda família tem um.
Esse não fala com o pai do jeito como devia.
Aliás, de jeito nenhum.
Já deixou bem claro que prefere não ter contato.
O pai às vezes até pensa em marcar algum programa.
Mas depois desiste, melhor deixar as coisas como estão.
Parece que o rapaz agora tem uma barba.
O pai sorri com desprezo.
É um baixinho e barba não fica bem em baixinhos.
Uma elegância só, o nono filho.
Atrai mulher como mosca no doce, e não que se esforce.
Pelo contrário, não mexe um dedo para agradar ninguém.
O que ele mais gosta é de ficar largadão no sofá.
Olhos meio fechados, falando besteira.
Quer dizer, nos poucos assuntos que conhece, ainda dá.
Mas quando tenta algo mais diversificado é um desastre.
Já o décimo é mau-caráter mesmo, não há como negar.

O pai não diz isso assim, com todas as letras.
Pai é pai.
Fisicamente, o rapaz parece ser mais velho do que é.
Roupas formais, gestos formais, frases formais.
Sempre elogiam sua boa educação.
Mas nas costas cochicham:
As frases são lindas, mas o conteúdo é só mentira.
O pai evita dar opinião.
Filho é filho.
Aqui entre nós, ele concorda.
E agora o último.
Muito delicado e frágil, o menino parece uma borboleta.
Mas se borboleta voa, voa porque é delicada e frágil.
Às vezes o pai acha que escuta um convite:
"Vem voar comigo, pai, te levo."
Ele responde:
"Dos onze, você é aquele em quem menos confio."
"Tudo bem, vem assim mesmo."
E o pai fica tentado.
Dizem que os onze filhos desse texto são onze projetos do Kafka.
Kafka tinha onze projetos em andamento quando escreveu isso.
Onze!
Desculpe, mas rola uma certa inveja aqui.
E mais ainda.
Pois, dos onze, o que ele pensa em seguir é o mais frágil.
O que tem menos chance de dar certo.
O cara tem onze projetos.
E quer ir em frente com o mais arriscado.
É muito legal.

Fratricídio
muito burros.
Schmar espera Wese escondido na esquina.
10°

10.
fratricídio
[Ein Brudermord]

Schmar espera Wese escondido na esquina.
Wese mora perto e passa sempre por ali.
Aliás, a mulher do Wese até já deu uma olhadinha.
Passou da hora do Wese chegar em casa.
Quando Wese sai do escritório, ali na frente, toca um sininho.
É um desses móbiles de porta.
O Pallas, um vizinho dos dois, está na janela.
O sininho toca e lá vem o Wese.
Ele passa pela esquina e Schmar mata ele.
Facadas incontáveis, sangue para todo os lado.
O Pallas continua vendo tudo.
Schmar só diz uma frase antes de descer a faca:
Que a Júlia nunca mais vai esperar horas e horas pelo Wese.
É a única explicação do crime, essa Júlia.
E o texto tem esse título: fratricídio.
Irmãos?
Vá lá saber.
E essa Júlia, hein?
Vá lá saber.
Schmar vai preso, tentando não vomitar de nervoso em cima do guarda.
Só isso.
Nada faz muito sentido, mas o que faz sentido num crime?
Claro, se tiver boas imagens não precisa de sentido.
Os blockbusters de Hollywood, por exemplo, têm tudo menos sentido.

Esse texto do Kafka tem boas imagens.
A faca solta fagulha no pedregulho, a lua clareia a noite.
Na trilha sonora, ruídos sinistros, como o do sininho na porta.
E tem o vizinho que vê Schmar e a faca do Schmar.
Ficou faltando alguma coisa para você?
Não, né?
E de qualquer maneira, se falta sentido na vida, por que não na morte?
Ou, dito de outro modo:
Em que ponto dá para passar a linha entre o que faz ou não sentido.
Por exemplo, a tal da Júlia.
Uma biscate, transava com os dois irmãos.
Aí um matou o outro.
Pensa bem, faz sentido?
(O crime, não ela transar com os dois.)
Não faz.
O que mata vai para a cadeia para o resto da vida.
E isso dura muito mais do que o amor dele pela biscate.
Outra possibilidade:
A tal da Júlia não era uma biscate, muito pelo contrário.
Uma santa.
E não aguentava mais a falta de consideração do marido.
O Wese estava atrasado para o jantar mais uma vez.
Vamos dizer que fosse suflê.
Suflê murcha se passa da hora de sair do forno.
Segundo o Kafka, ela foi no jardim com um casaco de pele.
Quer dizer, dinheiro não era problema.
Mas dinheiro não é tudo nessa vida.
Então o Schmar, indignado com a atitude do irmão, resolve matá-lo.
Faz sentido? Médio.
Porque ele até pode ter livrado a Júlia do cafajeste do Wese.

Mas mulher às vezes tem esse lance de repetir cafajeste.
É um depois do outro.
São as que se definem por não ter bom gosto para homem.
São muitas assim e Júlia pode ser uma delas.
Schmar mata Wese, ela chora um tantinho e, pimba, arranja outro.
Sentido tem esse problema.
Nunca fica quieto, estável, lá igual para sempre.
O que tem sentido numa hora, não tem mais na seguinte.
Agora, seja como for, quem devia mesmo ir preso é o Pallas.
Que sujeitinho, hein?
Lá na janela, vendo o Schmar com a faca brilhando na lua.
Com a faca sendo afiada na bota.
Com a faca tirando faísca do pedregulho.
Enfim, resumindo, com a faca — e Kafka diz que era grande.
E nada.
Esse sim é um cara ruim.
Tudo para se divertir, arranjar uma emoçãozinha na noite.
Sim, porque não tem televisão nessa época.
Crime, só ao vivo.
E o Pallas é um cara sozinho.
Passear, mesmo sozinho, nem pensar: muito frio.
Aí ele fica vendo um vizinho matar o outro.
E ainda berra bem alto:
"Vou chamar a polícia."
Esse sim é um cara ruim.
Porque quem mata arruína a vida.
Ok, para quem morre é pior, claro.
Mas os dois ficam numa ruim.
Agora o Pallas?
Esse não arrisca nada.
E ainda chama a polícia para dar um final na coisa.
Porque já está firme, isso, dentro da cabeça da gente.

Se tem crime, tem de ter castigo.
O Pallas traz o castigo.
Assim, tudo continua como sempre está.
Quem infringe a lei é punido, fica tudo certo.
A gente agora pode ir dormir tranquilo, né.
Só que não.

Um sonho
Era para ser o final do Josef K, parece, e acabou descartado.
Se isso for verdade, meio que concordo.
11º

II.
um sonho
[Ein Traum (seria em alemão)]

Era para ser o final do texto "Josef K.", parece.
Kafka acabou descartando ele.
Se isso for verdade, meio que concordo.
Seria um fim mais para o banal.
Olha só:
O cara sonha que está andando por aí e acaba no cemitério.
Kafka não diz que é sonho.
Eu que estou dizendo porque é o que parece ser.
Aliás, meio que tudo que ele escreve parece sonho.
O título "Um sonho", inclusive, nem é título.
Se fosse, todos os textos dele tinham de ter o mesmo título.
De qualquer modo, nesse sonho aí, o cara acaba num cemitério.
Bem em frente ao buraco de uma cova.
Um artista pinta na lápide o nome de quem vai ser enterrado.
O cara que perambulava por ali fica vendo o trabalho do artista.
Estão lindas, as letras.
Quando o artista percebe quem está lá, para, pincel no ar, sem graça.
Nesse momento, o cara tropeça e cai dentro da cova.
Logo a seguir, o artista acaba a última letra da lápide.
Yes, o nome é o nome do cara que perambulava por ali!
Mas ele nem liga que está afundando no buraco.
Pelo contrário, fica bem contente.
Porque, antes de afundar de vez, viu a lápide pronta.
E o nome dele ficou lindão, muito bem-feito, tinta em ouro e tudo.

Bem, eu já esperava que o nome fosse o nome do cara.
Você também, né.
Então é por isso que acho o texto meio chué.
Mas o artista, sim, me impressiona.
É um especialista em caligrafia.
E aí, o que está em jogo é a própria linguagem.
Uma explicação:
Você tem a linguagem de todos os dias:
"K.!", diz você chamando teu amigo na rua.
E você tem a linguagem com intenção estética.
"K.!", declama você no palco sem o K. estar por perto.
Vamos dizer que o calígrafo pretendesse a linguagem estética.
Fica difícil fazer arte com o palerma do K. ali do lado.
E, pior, dando palpite:
"A perninha de baixo do K não ficou legal."
Ou, no caso do palco, dando adeusinho para a plateia.
Atrapalha.
Então, para mim, o personagem importante é o artista.
E não o cara que morre no buraco.
Que bom que morre, aliás, porque assim deu para fazer a arte.
O texto do Kafka termina assim:
"Quando K., no buraco, estica a cabeça, quase vencido pelas profundezas, seu nome estava terminando e em grande arte. Maravilhado com essa bela visão, acordou."
Ou seja, a experiência estética é o que acorda as pessoas.
Vou repetir: você anda pela vida meio sonado.
Você nem percebe direito o sentido das coisas.
Experiências estéticas fazem você acordar para o mundo.
E é assim que vou de não gostar a gostar muitíssimo desse texto.

Pedinte
Inverno brabo.
Pobreza mais braba
ainda.
12º

12.
pedinte
[Der Kübelreiter]

Inverno brabo.
Pobreza mais braba ainda.
Tudo de ruim.
O cara sai para pegar carvão fiado no carvoeiro.
Quase consegue, não fosse a mulher do carvoeiro.
Ela finge que não tem ninguém na rua quando abre a porta.
E torna a fechar a porta, bem na cara dele.
Depois disso, o cara some nas montanhas, não é mais visto.
Mas como é ele quem conta a história, fica a pergunta:
Morreu de frio? Não morreu de frio?
Tanto faz.
Mais uma vez fico pensando em quem não é importante.
Certo, pedintes não têm nada de importante.
Isso na vida real.
Na história, o pedinte é o narrador, portanto é importante.
Na vida real, comerciantes como esse carvoeiro são importantes.
E ele é importante também na história.
Seria o antagonista do herói, se isso aqui fosse cinema.
Quem não é importante em lugar nenhum é a mulher.
Nem na vida real, nem na história contada.
Função nenhuma, a não ser a de ser má.
Aí eu de fato fico sem muita paciência.
Mulher-bruxa, mais uma.
Mulher-controladora.
(Ela que decide tudo naquela casa, pelo visto.)
Ai, minha paciência.

Aí lembro da montanha.
Bem fria, bem longe, bem inóspita.
Mas é montanha, ou seja, grande e forte.
Vai ver é a montanha quem de fato conta essa história.
Ela é ventríloqua e o pedinte de carvão é o boneco dela.
Ninguém nota.
A montanha interfere na vida das pessoas, só assim, de sacanagem.
Quem é mau aparece como mau, sem disfarces.
E a filantropia hesitante do carvoeiro se mostra também como é:
Ineficaz.
Adeus códigos sociais da cidadezinha.
Mesmo imóvel, é a montanha quem traz o movimento.
Quem quebra o estabelecido.

Não que eu saiba de um título "der Metaphern".

13.
metáforas
[der Metaphern (seria em alemão)]

Não que eu saiba de um título "der Metaphern" do Kafka.
Achei esse trecho num livro em inglês.
Faz lembrar "A Dream", do mesmo livro em inglês.
Sonhos e metáforas é o que mais há em Kafka.
Além de tudo, muitas vezes, os contos nem são contos.
São fragmentos esparsos.
Coisas não consideradas como textos independentes.
E mais uma coisa:
Posso até procurar títulos em alemão desses textos que comento.
Mas não que Kafka tenha escrito em alemão, propriamente.
Uma namorada alemã corrigia os textos dele.
Ele escreveu numa mistura de alemão, tcheco e iídiche.
E, terceira coisa:
Kafka nem sequer legitimou a publicação da maior parte dos textos.
Ele morreu e os livros foram feitos pelo Max Brod.
Um amigão lá dele.
Então, ó:
Esse trechinho pode se chamar assim ou não.
Pode existir em alemão ou não.
Pode ter sido intitulado por Kafka ou não.
E, again, metáforas e sonhos é o que mais tem em Kafka.
Então pronto.
Esse trechinho está sendo chamado assim por mim de pura orelhada.
E nem se preocupe com purezas de originais, rapapés do cânone.

Kafka não gostava de purezas nem de rapapés.
O trecho "Metáforas" é pequeno e vai aqui inteiro:

"Há quem se queixe que sábios falam por metáforas inúteis na vida do dia a dia.
Por exemplo, um deles diz:
'Você deve tentar chegar ao outro lado do rio.'
Ele não quer dizer que você deve atravessar a ponte, até porque ninguém precisa de um conselho desses, caso queira chegar ao outro lado do rio.
Então, o que o sábio quer dizer é que a travessia sugerida tem um sentido maior, insondável, que ninguém sabe direito qual é. Ou seja, sem utilidade.
Todo um floreio para dizer que o insondável é insondável, o que, aliás, todo mundo já sabia. No dia a dia, não é assim que as pessoas conversam.
Alguém pode dizer:
'Por que você implica tanto com isso? Se você aceitasse que metáforas são possíveis, você se tornava mais metafórico e insondável e, pronto, se preocuparia com coisas maiores e não teria tanta irritação com as coisas banais do dia a dia.'
E o outro responderia:
'Posso apostar que isso aí que você disse é uma metáfora.'
'Se apostasse, ganharia a aposta.'
'Ganharia no plano metafórico?'
'Não, ganharia aqui, no papo concreto. No metafórico, você perderia.'"

E fim do trecho do Kafka.
(Suspiro.)
Mas eu completo aqui o que ele não disse.
Tem um jeito de a gente não virar metáfora dos outros.
(Virar metáfora é quase sinônimo de perder a subjetividade.)

O jeito que tem é atacar a própria estrutura da linguagem.
(E todas as outras estruturas: familiar, econômica etc.)
Tem uma coisa que me fala muito de perto.
É a luta para que mulher e gay tenham direitos iguais ao homem.
Homem branco, hétero e de classe média, esse.
Então a luta é a seguinte:
Você não pode ficar berrando que é vítima.
Isso só aumenta a tua condição de vítima.
Também não pode passar batido, sem falar nunca nada.
O silêncio só ajuda a ordem dominante.
Só tem uma saída.
Você atacar a estrutura dessa hierarquia idiota entre pessoas.
E é isso que Kafka faz sem parar.
Absurdo, sem sentido, e outras coisas que dizem dele.
Ahn, não.
Ele ataca o sentido estabelecido, o território demarcado.
A estabilidade das ordens, das linguagens.
Ele ataca a ideia de que coisas diferentes não se misturam.
Misturam, sim.

ulííííses
14ª
O silêncio das sereias

14.
o silêncio das sereias
[Das Schweigen der Sirenen]

O começo desse texto do Kafka é assim:
"Eis a prova: até atitudes inadequadas e infantis podem ser a salvação."
Na verdade, ele se refere a uma história que todo mundo conhece.
Ulisses se amarra no mastro do barco, tampa os ouvidos com cera.
E vai todo confiante em direção às sereias.
Ninguém antes se salvou assim, mas ele acha que consegue.
Mas, diz Kafka, e se as sereias não cantam?
Ninguém nunca aventou essa possibilidade.
Claro: não vencer o invencível é apenas normal.
Vencer o invencível é melhor ainda.
Agora vencer, ahn, um nada, não fica tão bom na biografia.
Então ninguém nem pensa que as sereias não cantem.
Mas vamos supor que, pelo menos dessa vez, elas não cantem.
Ulisses é bonito mesmo.
E seu jeito de eu-sou-o-máximo deixa ele mais bonito ainda.
Então tem esse homão lá, olhando para a frente todo confiante.
Ele não tem dúvida que vence todas e mais essa.
Afinal, trata-se apenas de um punhado de sereias.
Fica lá, fazendo a maior pose, e elas não cantam.
No texto do Kafka, Ulisses é chamado de Odisseu.
Nome ainda mais impressionante.
Ulisses de repente você até conhece algum.
Mas Odisseu, garanto, ninguém.
Então Ulisses/Odisseu está lá, certo de que vai ganhar a parada.

Mais um item na sua brilhante biografia.
As sereias já apareceram ali por perto do barco.
Depois, vão para as pedras alisar os cabelos.
Seguem com os olhos o barco ir embora.
E nem um pio.
A dúvida é se Ulisses sabe que elas não cantaram.
Tem quem ache isso.
Mas é uma coisa que pega mal.
Então, para todo mundo, ele passa a dizer:
Cantaram e eu venci.
E passou o resto da vida escondendo essa humilhação.
Essa cicatriz na alma.
É a segunda cicatriz, ele tinha outra.
A outra também tem uma história legal.
Graças a ela, Ulisses é reconhecido quando volta para casa.
Ou seja, faz uma viagem incrível para mostrar que é o máximo.
Um herói, sensacional e tal, mas esqueceu uma verdade.
Você só é reconhecido e amado pelo que você tem de humano.
Ou seja, quem te conhece, conhece você pela falha, pela cicatriz.
Essa é a primeira cicatriz.
A segunda, psicológica digamos, é essa das sereias.
Elas nem se deram ao trabalho de tentar seduzir ele.
Isso dói.
E essa, ele escondeu de todo mundo.
Ruim, né, quando mulheres lindíssimas não te dão a menor bola.
E aí, voltando à frase que abre o texto do Kafka.
Acho que a tal atitude inadequada e infantil não é a óbvia.
Não é se amarrar no mastro e tampar os ouvidos com cera de abelha.
A atitude inadequada, infantil, é a mentirinha.
"Não! Imagina! Cantaram sim!"
E a gente finge que acredita.

Sabe
descrição
minuciosa,
todos os
detalhezinhos?
Gracchus,
o caçador
1 5º

15.
gracchus, o caçador
[Der Jäger Gracchus]

Sabe descrição minuciosa, todos os detalhezinhos?
Pois é.
Kafka faz a descrição do cais à beira de um lago.
Tudo detalhadinho, até mesmo o barco que está chegando.
Aí saltam do barco.
E há uns procedimentos do tipo ritual.
Crianças fazendo apresentação ensaiada, essas coisas.
Ninguém fala de música, mas acho que tinha.
Música marcial, marcha fúnebre, Wagner, metais, por aí.
Bem, mas aí tiram um pacote de dentro do barco.
Pacotão, e levam para dentro de um edifício.
É um cadáver.
Quer dizer, tem toda pinta de cadáver.
Embrulhado e em cima de padiola com enfeitinhos fúnebres.
Não se mexe nem respira.
Aí chega o prefeito do lugar.
Todos se retiram e o cadáver abre um olho.
O cadáver pede desculpas, está meio confuso da viagem.
Quem é o senhor mesmo?
O prefeito se apresenta, o cadáver se apresenta de volta.
Ele é Gracchus, o caçador.
"Muito prazer."
"Eu já sabia que você era o Grande Gracchus."
Na madrugada, uma pomba esquisita avisou o prefeito da chegada.
Os dois batem um papinho.
Houve um imprevisto durante a morte de Gracchus.

E por causa disso, Gracchus ficou pendurado na escada do céu.
A escada é em caracol e gira e gira, e ele gira junto.
"Virei uma espécie de borboleta."
Ninguém ri.
Inclusive, ele não está com boa aparência.
Cabelo emaranhado, poeira na roupa, pernas desmanchando.
O imprevisto durante a morte dele foi o seguinte:
Gracchus caiu num buraco enquanto caçava camurça.
Fui ver no Google, camurça é uma cabra, além de ser sapato chique.
Então, simplificando, o Grande Gracchus estava atrás de uma cabrita.
O texto do Kafka diz que o problema foi o buraco, não previsto.
Eu acho que o problema foi a cabrita.
Porque grande caçador famoso e tudo, nem fica bem.
E Gracchus então não sumiu como qualquer cadáver.
Ficou por aqui tentando consertar as coisas.
Tentando arranjar um pouco mais de glória, ainda que pós-morte.
A única parte boa da morte dele é que foi na Floresta Negra.
E esse nome sempre impressiona.
Mas voltando.
O prefeito tenta ser simpático.
"Puxa, que coisa, né!"
Mas Gracchus não gosta que sintam pena dele.
Afinal, foi um caçador e tanto, famosão.
E cabra sempre pode ser chamada de camurça.
Ele acha, inclusive, que a culpa pelo vexame nem é dele.
Nem do buraco, nem da cabra.
É do barqueiro.
O barqueiro?!
É

O barco vai e vem e isso não funciona.
Quando Gracchus tenta buscar ajuda, não consegue.
Pois no dia seguinte ele não está mais lá.
"Falando nisso, você pretende ficar aqui na cidade?"
"Ah, sei lá."
O prefeito se encolhe, o cadáver tinha botado a mão no joelho dele.
Ninguém sabe se Gracchus ficou ou não.
Ou se o prefeito perdeu a perna que entrou em contato com o cadáver.
Tanto faz.
Porque ajudar Gracchus ninguém vai mesmo.
As pessoas da cidadezinha têm sua rotina já estabelecida.
E depois, caçador é quem atira, mata e esfola.
Ou seja, já está no limiar entre um mundo e outro.
E quem ajuda uma coisa dessas, indefinida, de fronteira?
Quem ajuda quem está, por profissão, entre dois mundos?
Ninguém.
Porque você pode até ser muito infeliz na vida.
Mas se a infelicidade fizer algum sentido, você continua.
O problema é quando a estrutura do sentido se rompe.
Quando o que tinha caminho certo desanda sem rumo.
O problema é quebrar o estabelecido, os territórios.
Tem o território dos vivos, o dos mortos.
O Gracchus tem toda a razão, a culpa é do barqueiro.
O maluco não entende nada de fronteiras.
Vai indo e nem percebe que a água mudou.

A batida na porta
A mocinha bate na porta de gente poderosa.
16º

16.
a batida na porta
[Der Schlag ans Hoftor]

A mocinha faz toc, toc, toc, na porta de gente poderosa.
Ou não faz, só finge.
Ou faz, mas foi sem querer.
De qualquer modo, né, que é que tem.
Umas batidinhas de nada.
Estavam ela e o irmão, indo para a cidade, passaram em frente.
De qualquer modo, é coisa difícil de provar.
"Ah, não fui eu, foi o vento."
Mas uma coisa tão boba acabou ficando complicadíssima.
Porque ela bate — ou não bate — e os dois seguem caminho.
E logo que chegam na cidade já escutam tropel de cavalaria.
São soldados, juízes, testemunhas de acusação.
E mais uns amigos dos ricões lá da mansão.
O irmão da mocinha diz para ela fugir correndo.
Ela não quer ir, acha que pode proteger o irmão.
Acaba indo, com um último argumento dele:
Ela precisa trocar de roupa, arranjar um look legal.
Afinal, eles vão falar com gente importante.
(!!!)
Enquanto ela vai, os caras levam o irmão de volta à mansão.
Lá dentro parece uma prisão.
Ele ainda tenta achar engraçado esse auê todo.
Ela ainda acha que tudo vai se explicar.
Podem até pedir desculpas pela confusão, ele acha.
Mas não.
Um deles, juiz, vai logo dizendo que tem pena dele.

Pena pelo que vai acontecer.
O rapaz se pergunta:
Será que ele algum dia vai respirar o ar da rua outra vez.
É um rapaz qualquer, sem importância.
Os habitantes da cidadezinha são covardes e acomodados.
Não mexem um dedo para ajudar em nada.
Os soldados são isso mesmo, gente que obedece e nada mais.
Então até aí o texto do Kafka não tem novidade.
Mas, e a irmã?
Tenho uma queda por personagens não importantes, já disse.
Não que, com Kafka, haja personagem importante.
Um vira barata, outro fica sentado no banquinho até mofar.
O último era um cadáver.
Estou falando de quem não é importante dentro do próprio texto.
Aqueles com quem o escritor não gasta muito tempo.
E é aí que entra a irmã.
Que menina boba, hein?
Única coisa que faz ela se mexer é o cuidado com o visual.
Eu, hein.
E nem sabe dizer se, afinal, bateu ou não bateu naquela porta.
Acho um horror quase todas as mulheres da literatura canônica.
É raro elas existirem de forma independente.
Serem quem salva o mundo, dá a pernada no idiota e tudo mais.
Aqui igual.
Se enfeitar toda para poderosos e soldados?!
Gente, que palerma...

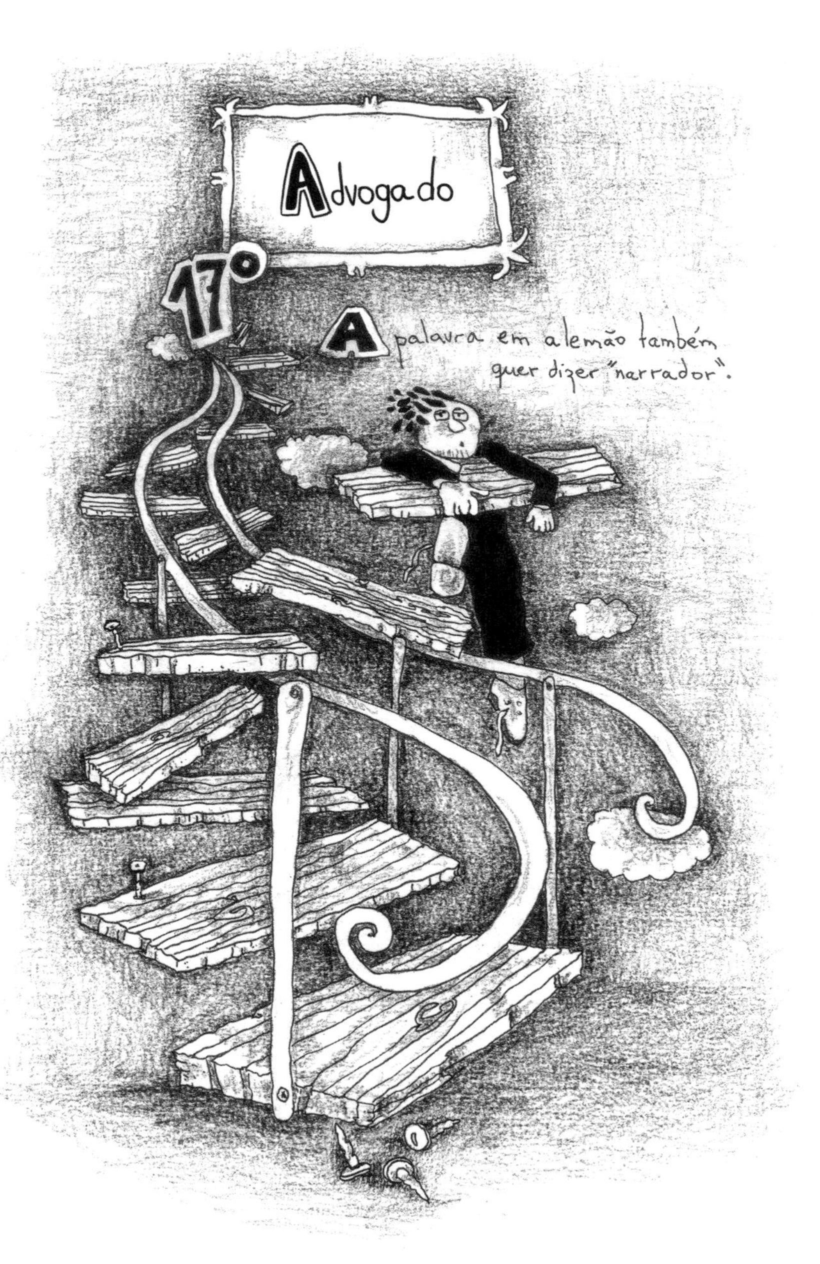
Advogado
17º
A palavra em alemão também quer dizer "narrador".

17.
advogado
[Fürsprecher]

Essa palavra do título também quer dizer "narrador".
E aí, já viu.
Estamos falando de como falamos.
Ou de como falamos quando escrevemos.
Ou de quem fala por nós.
Com ou sem texto à vista.
Uma frase do texto do Kafka:
"Um (*Fürsprecher*) é útil em qualquer lugar."
Acho que os tradutores usam "advogado" para não assustar.
Dá medo alguém ficar falando de como a gente fala.
Então vou usar "advogado", eu também.
Mas, aqui entre nós, é "narrador", viu.
Então, começando:
Você está num lugar e não sabe que lugar é esse.
(Sim, outra vez.)
Também não sabe se você tem ou não um advogado.
Mas sabe que precisa.
O lugar pode ser biblioteca ou corte de justiça.
Ao entrar, você esqueceu de olhar o frontispício.
Lá estaria escrito, mas você não viu.
Mulheres gordas e velhas passam por você.
Claro que não seriam advogadas!
(Você já sabe o que acho da descrição de mulheres nesses textos.)
A única coisa certa é que você começa a escutar um som esquisito.
Não dá para saber o que é, e você fica cada vez mais aflito.

Agora você está obcecado:
Precisa não de um, mas de muitos advogados.
Além de tudo, você sabe que teu tempo é curto.
Se perder um segundo sequer, pode perder a vida inteira.
Outra coisa que você sabe:
Aquela escada ali na frente é um perigo.
Quem cair lá embaixo vai ter de repetir tudo outra vez.
Então, você diz para você mesmo:
Conseguindo chegar na escada, não desça, só suba.
Enquanto você estiver dando para subir, estará salvo.
Isso porque os degraus para cima nunca acabam.
Parece eu escrevendo e me dizendo:
Sempre em frente, Elvira, e não olhe para baixo.
E trate de arranjar um bom narrador/advogado.

O urubu
BANG! BANG!
18
Tem um urubu bicando teu pé.

18.
o urubu
[Der Geier]

Tem um urubu bicando teu pé.
Ele já destruiu teu sapato e tua meia.
Agora está nos teus dedos mesmo.
Passa um sujeito:
"Mas por que você deixa?"
Você explica que já tentou de tudo.
Mas que o urubu ameaçou atacar tua cara.
Então, entre a cara e o pé, você achou melhor o pé.
O sujeito diz que um tiro resolvia a questão.
E que vai num instantinho em casa pegar o revólver.
Você acha que não vai dar certo, mas pede para ele tentar.
Fica lá esperando.
Aí você nota que o urubu entendeu tudinho.
E que ele está indo bem no alto para ganhar impulso.
E que vai descer qual um bólide para cima de você.
É exatamente o que ele faz.
Entrando pela tua boca e indo até tuas entranhas.
Mas enquanto você cai para trás, tem um momento de glória.
É tanto sangue que o urubu vai se afogar.
Rárárá, e aí você morre.
Não é uma maneira ruim de morrer, pensando bem.
Isso de morrer rindo de quem te mata.

Um ratinho corre num labirinto que termina numa armadilha.

19.
uma pequena fábula
[Kleine Fabel]

O ratinho corre num labirinto que termina numa situação sem saída.
No começo ele nem nota que é labirinto, não vê as paredes.
Mas os corredores vão se estreitando.
Até que nota, ele está indo — e chegou! — no último cômodo.
Aquele onde está a situação mortal.
O ratinho se queixa do destino que levou ele até ali.
Mas o gato diz:
"Você só precisava mudar de direção."
E come ele.
Você também já fez isso, né, não sou só eu.
Você sabe que deve parar, mudar, mas continua.
Detesto esse gato.
Além de me matar com frequência, ainda curte com minha cara.

20°
A cidadezinha mais próxima
"Meu avô costumava dizer que a vida
é tão curta que uma pessoa mais velha,
ao olhar para trás, pode ficar pensando
como um jovem, ao decidir passear no
vilarejo vizinho, consegue partir sem ficar com
medo de que toda a vida dele, tão boa e
confortável, se gaste inteira antes de o
percurso se completar."

20.
a cidadezinha mais próxima
[Das nächste Dorf]

Esse conto é muito curto e vai inteiro:

"Meu avô costumava dizer que a vida é tão curta que uma pessoa mais velha, ao olhar para trás, pode pensar como pode que um jovem, ao decidir passear no vilarejo vizinho, consiga partir sem ficar paralisado de medo que toda a vida dele, tão boa e confortável, se gaste inteira antes de o percurso se completar."

Sem ficar com medo de que a vidinha tão certinha e legal acabe antes mesmo de chegar a algum lugar.
Se mexe, anda, vai fazer algo novo.
Isso sou eu dizendo. Mas também o Kafka.

Posfácio

André Conti

Um dos privilégios de ter convivido com a Elvira foi perceber o quanto ela falava como escrevia. Não na sintaxe, que nos livros era tortuosa e arisca, feita daquelas orações longas e labirínticas de *Por escrito* (o que ela definia como "escrevo esquisito"), mas na maneira de pensar. Assim como nos livros, a Elvira falava como se você já soubesse o que ela ia dizer, então uma história que ela contava soava às vezes como um comentário e um complemento a um enredo que cabia ao interlocutor montar. Isso é bem evidente neste *Kafkianas*, onde conhecer as histórias que ela reconta amplia o efeito cômico e acentua o contraste entre a linguagem, aqui mais próxima de *Como se estivéssemos em palimpsesto de putas*, ágil e elástica, e a escrita e os temas de Kafka. Mas essa operação está também de certa forma em todos os narradores dela, uma recusa em dizer o óbvio, ou em dizer algo de forma óbvia, numa destilação do que se quer contar até o ponto em que o dito soa como um pensamento posterior a uma história que não conhecemos.

O efeito nos livros é fortíssimo: ao mesmo tempo que os romances giravam num eixo temático que ela mesma dizia ser bem fixo, inclusive brincando que apenas reescrevia o mesmo livro a cada lançamento, nessa operação as tramas ganhavam uma força mítica, e os relacionamentos que ela esmiuçava nos romances eram, pela força da linguagem, maiores do que os acontecimentos que os impulsionavam. É quase como se ela contasse uma segunda história, concomitante ou posterior a um livro que apenas conheceremos por essas entrelinhas. Nesse sentido, são livros exigentes, que pedem atenção ao leitor. Basta pensar no crime de *Deixei ele lá e vim*, que seria um romance policial não fosse o absoluto desinteresse da narrativa em encontrar o culpado, ou ainda no marido de *Nada a dizer*, ao mesmo tempo peça central da obsessão da narradora de esmiuçar os acontecimentos recentes de seu casamento e um fantasma sem voz no romance.

Quando me contou que ia morrer, foi da mesma forma: disse como se eu já soubesse da doença e estivesse apenas recebendo um boletim dos últimos desenvolvimentos. A mancha é recidiva. Tenho quase setenta anos. Não quero visitas. É uma merda mesmo. Fim. Um telefonema curto, sem rodeios, com alguns detalhes do tratamento e a promessa de nos vermos em breve, o que não aconteceu. Nas ligações e e-mails seguintes, nenhuma menção à doença, apenas à duradoura repercussão do *Putas*, às tratativas para a republicação de *A um passo*, romance dos anos 1990 que ela tinha como seu favorito, e às coisas do dia a dia (na época, eu era editor na Companhia das Letras, que publica seus romances). Muito ligada à família, Elvira gostava de falar dos filhos e genros, mencionados sempre com orgulho e carinho. Era um contraste ao jeito seco e nada sentimental, às frases diretas e duras, aos julgamentos implacáveis e ocasionalmente desprovidos de trato e tato. Sei que os filhos e amigos mais próximos recebiam o mesmo tratamento, mas era tocante o entusiasmo com que relatava a vida familiar.

Morávamos perto, e gostava de encontrá-la na praça de alimentação do Center 3, na avenida Paulista, às vezes com o Roberto, seu marido, e às vezes sozinha. Adotava um visual espartano, sempre de calça de abrigo cinza ou jeans e camiseta escura ou camisa de manga comprida. Tinha um rosto de linhas duras e uma aparência severa, de poucos amigos. Era de fato honesta e dura em suas críticas, e a sinceridade se prolongava em uma absoluta desobrigação de ser simpática ou de seguir os rituais de bajulação que ela percebia no meio literário.

Atribuía em parte a essa incapacidade de sorrir "para as pessoas pra quem devia sorrir", como disse em entrevista a Daniel Benevides, o que considerava a pouca atenção que seus livros recebiam na imprensa e em premiações. Embora se colocasse como uma outsider, se ressentia dos poucos convites a eventos literários e ficava num misto de tristeza e revolta quando não era indicada a prêmios, dada a segurança que tinha em relação à própria obra. A essas ausências, atribuía também o fato de ser "mulher, feminista e velha", como declarou na mesma entrevista — a mim ela dizia que não aceitava convites para eventos em que fosse a única pessoa mais velha porque não queria ser "a cota do idoso". Da mesma forma, não comunicou sua doença para não ser excluída de atividades profissionais.

A relação dúbia com a literatura brasileira se estendia para suas leituras. Não era incomum ouvi-la elogiando o livro de alguém de quem não gostava ("Fulano escreve bem, fazer o quê?") ou criticando o livro de um amigo ("Beltrano é uma gracinha, mas o livro é uma porcaria"), ocasiões em que ela me parecia menos imune a uma certa pequenez do meio literário do que gostaria de acreditar. Acompanhava os lançamentos e lia os pares avidamente, quase que alheia à própria frustração com o mesmo circuito de jornais, festivais e prêmios que parecia boicotá-la. Após sua morte, fiquei impressionado com a quantidade de relatos de autores, iniciantes ou não, cujos livros, muitas vezes enviados às cegas, ela leu e comentou. E lembrei de como se irritou quando eu disse, em uma de nossas discussões, que ela era a autora injustiçada com mais livros publicados em uma grande editora no Brasil. Ela conciliava o desprezo pelos vícios e convenções do meio literário brasileiro com a certeza de que sua obra merecia mais atenção e espaço do que recebia nesse mesmo meio.

O primeiro livro dela em que trabalhei, como assistente, foi *Deixei ele lá e vim*, editado por Maria Emilia Bender, sua grande amiga e a primeira leitora de todos os seus romances a partir de *O assassinato de Bebê Martê*, e mesmo quando já não era sua editora. Maria era uma defensora incansável dos livros de Elvira, e graças a ela também me tornei seu leitor. Havia uma densidade incomum em seus romances, um raro encontro de linguagem nova com força narrativa. Eram extraordinários quando descreviam o banal, numa recusa constante ao óbvio. Desinteressavam-se dos próprios motivos centrais e focavam-se nas margens, largando pontos grandes da trama em troca de observações miúdas tão reveladoras quanto oblíquas. Num estilo que ela descrevia como "hiper-realista", e que muito devia às artes plásticas, seu outro assunto de vida, adensava essas miudezas e a partir delas embaralhava enredos e tirava o chão do leitor. Nada disso é retórico. Era uma operação minuciosa e deliberada, à qual ela própria atribuía a dificuldade de seus livros e também sua originalidade.

Fui editor de dois livros dela, *Por escrito* e *Como se estivéssemos em palimpsesto de putas*. Foi uma relação igualmente difícil e próxima, de brigas e depois de uma amizade intensa e bonita, da qual guardo algumas das minhas melhores lembranças de trabalho. Começamos mal, com um atraso meu ao nosso primeiro encontro sobre o *Por escrito*, num café na rua Cubatão. Ela podia ser intimidante, e eu certamente me intimidei, e a reunião não durou mais de vinte monossilábicos minutos, embora àquela altura já nos conhecêssemos havia alguns anos e fôssemos em alguma medida próximos. Nas semanas seguintes tivemos discussões sobre a promoção do livro, data de lançamento e divulgação. O processo era muitas vezes narrado em suas redes sociais, onde eu ocasionalmente encontrava, com espanto, críticas públicas a problemas que, na minha cabeça, podiam ser resolvidos em um simples telefonema. Em algum momento, me ofendi com uma dessas críticas e revidei, esperando um revide na mesma moeda e perdido em como trabalhar no livro, que era um romance extraordinário. Para minha surpresa, ela ficara genuinamente chateada com a resposta, e me sentindo ridículo com a minha reação grosseira, pedi desculpas. Depois de outra discussão, cujo motivo não me lembro, foi a vez de ela se desculpar. E assim seguimos. Até que ela ligou um dia e, rindo, disse que deveríamos ter uma pasta nos nossos programas de e-mail destinada a esses pedidos mútuos de desculpas.

Por escrito era um acúmulo de ideias e temas dos outros livros, com os mesmos personagens normalmente secundários ocupando o centro da história. Um romance ambicioso que parecia também apontar caminhos novos para Elvira: mais fragmentado e radical na forma, ainda menos focado na trama, mais verborrágico (é o livro mais longo dela), quase uma versão exagerada dos anteriores, embora aqui e ali ele mudasse para um registro solto e diferente. A essa altura, nossos problemas haviam passado, e celebramos muito o segundo lugar do livro no Prêmio Oceanos. No dia da entrega, ela estava num vestido rosa, como que fantasiada para a ocasião. Reclamou um pouco de ser apenas um segundo lugar, mas ela própria riu da reclamação, como que reconhecendo a própria intransigência. Ela estava verdadeiramente feliz e, embora enxergasse ali todo o sistema que tanto criticava, o que não passou em branco nos comentários, ficou contente com o reconhecimento e orgulhosa pelo livro. Depois da cerimônia, nos encontramos no estacionamento e a achei um pouco mais ríspida que o normal. Impressão errada: ela chorou (rapidamente). Não por reverência ao prêmio, mas, como ela mesma disse, "porque hoje resolvi que mereço ficar orgulhosa de mim". Disse também que estava terminando o novo romance e, antes que a situação ficasse emotiva demais, saiu à maneira dela, com pressa e acenando sem olhar para trás.

O próximo livro viria a ser *Como se estivéssemos em palimpsesto de putas*, que ela entregou tempos depois no café onde passamos a nos ver — na realidade um restaurante de pratos feitos ao lado da editora. Vínhamos nos encontrando com alguma regularidade, sempre nesse lugar. Depois da conversa, sentávamos no banco de um ponto de táxi ali ao lado e ela perguntava do trabalho, se estávamos bem de dinheiro em casa, contava das ideias para a própria editora, reclamava da falta de frilas, traçava planos para os livros e narrava as novidades da família. Não sei a partir de que ponto desse período ela soube da doença, mas não notei nenhuma mudança no seu comportamento. A rotina era a mesma: falávamos da vida e das coisas, e repentinamente ela levantava e ia embora acenando. Num desses encontros, nos vimos pela última vez, mas não sei dizer quando.

Como se estivéssemos em palimpsesto de putas era um romance diferente dos demais. Estavam ali seus temas de sempre: um ato de violência, personagens à margem, laços familiares incomuns, uma sociedade amarga e caindo aos pedaços, representada na paralisia da editora onde um dos protagonistas trabalha. Mas a linguagem era outra. Não irreconhecível, porque era evidentemente um romance da Elvira. Mais ainda, é como se os outros livros tivessem sido reduzidos a uma forma essencial, sintética e circular. A impressão, lendo o manuscrito impresso de uma sentada só, era de estar diante de algo importante. Ela própria tinha consciência de que o livro era incomum, e esperava uma reação igualmente incomum, fosse positiva ou não. Sabia que os leitores não ficariam indiferentes, e gosto de pensar que, em meio a uma vida sem concessões, resolveu abrir as portas de sua literatura a um público maior. Fez isso sem baratear a própria obra, pelo contrário: radicalizou o método, não abriu mão de escrever "esquisito", seguiu opaca e arredia, mas o fez de maneira generosa e convidativa, ou pelo menos me pareceu. O livro foi um sucesso e ela não escondia a satisfação em vê-lo na imprensa e na mão de leitores, sobretudo leitores novos. De repente, as coisas finalmente pareciam ter entrado num trilho, e então ela morreu.

Quando circulou a notícia da morte, essa mesma generosidade apareceu nos relatos de leitores, autores e amigos. Davam conta de uma amiga leal, de uma leitora sincera, de alguém que ajudou como pôde iniciantes e que marcou dezenas de vidas. A minha certamente. Todo o processo de trabalho no *Putas* foi um dos mais prazerosos, divertidos e recompensadores que conheci, de uma proximidade verdadeira, que muito me emocionava, e da qual tinha imenso orgulho. Não foi uma relação de todo fácil ao longo dos mais de dez anos em que nos conhecemos, mas nos entendemos nos nossos termos e carrego com afeto e carinho a lembrança dessa convivência. *Kafkianas* é fruto também dessa generosidade. Ela foi a primeira pessoa para quem telefonei quando anunciamos a Todavia. Tive a impressão de que não estava bem no telefonema, mas era um dia de euforia e acabei não perguntando. No dia seguinte, ela mandou um e-mail curto e lindíssimo. Em meio aos assuntos que vínhamos discutindo nos últimos tempos, falava que o *Kafkianas* já estava fechado com outra editora (partindo como sempre do princípio de que eu sabia do livro, o que não era o caso), mas que seria nosso se quiséssemos. Respondi no dia seguinte dizendo que sim e agradecendo o gesto — foi o primeiro livro enviado à editora que nascera no dia anterior. Seguimos trocando alguns e-mails, ficamos de nos encontrar para falar da edição, uma ou outra conversa sem relevância. E então ela parou de responder. Torci intensamente para que estivesse brava comigo, que tivesse ficado ofendida com algum dos bilhetes. Que estivéssemos de novo anos atrás, dois amigos às turras com alguma coisa desimportante, e que esqueceríamos no próximo pedido de desculpas. Que ela ligasse dizendo que estava puta. Qualquer sinal. Um mês depois recebi um e-mail dela, mas quem respondia era o Roberto, com notícias sobre a internação. Pouco tempo depois, perdíamos uma de nossas maiores escritoras e, eu e tantos outros, uma amiga.

Demorei alguns meses para reler este livro. Foi um reencontro feliz. Ela recontava as histórias de Kafka da mesma maneira que a vi contando sobre um filme de que tinha gostado ou uma exposição que tinha visto. Um jeito meio duro e esquisito, que parte do princípio de que você sabe do que ela está falando. Tenho essa imagem forte de nós dois num ponto de táxi olhando para a rua, um encontro breve, alguma conversa sobre a dificuldade em emitir uma nota fiscal ou receber por um frila. Tivemos um acesso de riso, não sei por quê. Ela levantou e foi embora meio sem se despedir, como fazia, mas deu tempo de dizer: hoje a gente termina por aqui. O problema de escrever sobre as pessoas, como disse o Holden Caulfield, é que a gente passa a sentir uma falta desgraçada delas.

ELVIRA VIGNA nasceu em 1947, no Rio de Janeiro, e morreu em 2017, em São Paulo. É autora dos romances *Sete anos e um dia*, *O assassinato de Bebê Martê*, *Às seis em ponto*, *Coisas que os homens não entendem*, *A um passo*, *Deixei ele lá e vim*, *Nada a dizer*, *O que deu para fazer em matéria de história de amor*, *Por escrito* e *Como se estivéssemos em palimpsesto de putas*. Escreveu e ilustrou também livros infantis e juvenis.

Grafia atualizada segundo o Acordo Ortográfico da Língua Portuguesa de 1990, que entrou em vigor no Brasil em 2009.

capa
Guilherme Petreca
composição
Marcelo Zaidler
revisão
Jane Pessoa
Ana Alvares

Dados Internacionais de Catalogação na Publicação (CIP)

——

Vigna, Elvira (1947-2017)
Kafkianas: Elvira Vigna
São Paulo: Todavia, 1ª ed., 2018
128 páginas

ISBN 978-85-88808-19-5

1. Literatura brasileira 2. Contos
3. Literatura contemporânea I. Título

CDD B869.93

——

Índice para catálogo sistemático:
1. Literatura brasileira: Contos B869.93

todavia
Rua Luís Anhaia, 44
05433.020 São Paulo SP
T. 55 11. 3094 0500
www.todavialivros.com.br

fonte
Register*
papel
Munken print cream
80 g/m²
impressão
Geográfica